산수유 여린 꽃망울

사십편시선 012

이상기 시집

산수유 여린 꽃망울

2014년 8월 11일 제1판 제1쇄 인쇄
2014년 8월 18일 제1판 제1쇄 발행

지은이 이상기
펴낸이 강봉구

편집 김희주
디자인 bonggune
인쇄제본 (주)아이엠피

펴낸곳 작은숲출판사
등록번호 제406-2013-000081호
주소 100-250 서울시 중구 퇴계로 32길 34(예장동) 2층
전화 070-4067-8560
팩스 0505-499-8560
홈페이지 http://cafe.daum.net/littlef2010
이메일 littlef2010@daum.net

ISBN 978-89-97581-57-3 03810
값은 뒤표지에 있습니다.

산수유 여린 꽃망울

이상기 시집

작은숲

| 차례 |

제1부 겨울의 시

제2부 고향에게

제3부 울기 좋은 날

제4부 산수유에 부침

제1부

겨울의 시

칼의 노래[劍歌*]

선달 야밤 넌짓 칼을 찾아 들어라
허공을 가르는 칼바람
부서지는 어둠 흩어졌다가 쏟아지며
때로다 때로구나 때는 오리라
잠든 집집 문을 흔들어 깨우니
신명 치솟아 하늘로 오르고
넋이야 넋이로다 넋이로구나
새하얀 작둣날 위에서 춤추는 넋이로다
무수장삼 흠뻑 젖어 달리는 지평
비껴 서서 우러러 용천검 한 획 그으니
칠흑 속 검광 참말 눈부시구나
천지사방 유랑의 길 돌아와 얼씨구 경사로다

용천검 드는 칼 아니 쓰고 어이하랴
빛나는 예감으로 하늘 한 폭 그시면
쏟아지는 말씀 주체할 수 없는 말씀의 눈발

베어야 할 것 버히지 못하고
달려드는 적들 누이지 못하고
뻗어 오르던 신명 다 하고 말면
어이 하리야 어이 하리야

길이 되지 못할지라도 별빛 따라 떠나는 길
칼 끝에 점점이 맺히는 이슬
이슬 방울 속 별빛 떨치며
칼을 끌어 사위는 어둠을 가야 하리

꿈꾸는 세상은 어디이며
하늘은 누구에게 기우는가

* 「劍歌」: 검결(劍訣)이라고도 하며 수운 최제우가 동학창도 당시 부른 주문이자 노래. 고종시 관몰문서인 『東學呪文靈府』에 실려 있음

강설(降雪)

천상의 백결선생이 현을 울리어
그대들의 잠을 깨우던가요

이승에 두고 간 남루 안쓰러워

돌 갈라지는 엄동의 산야
한숨 삼키며 뒤척이는 잠들

춤추는 노래로 어여삐 오시어
평온하라 평온하라
소리 없이 걸어오는 방아타령

눈 내리는 날 · 1

떠날 때는 쓸쓸하다, 홀로
떠난 뒤에는 적막하다, 웬지
몸 뉘인 깊은 땅 속
난타하며 울리는 발자국 소리
일어나지 아니 하리

눈 내리는 날 · 2

너는 거기에 있고
나는 여기에 있는가
길을 내지 말아라

고원의 분지에 눈은 내려
적막을 쓸고 가는 바람

평원을 이룬 적막 길을 지우고
또 무엇을 지우겠는가
아무데도 없고 어디에나 있듯
길을 내지 말아라

눈 내리는 날 · 3

산정 바위 옆
구부정한 소나무
눈물 나네

일제 치하 남양군도로 징용 나가
돌아오지 않은 재당숙
동란에 제주도에서 훈련 받고
배고파 배가 많이 고프니 송아지라도 팔아
돈 좀 부쳐 달라는 편지 한 통 마지막 말로 남기고
김화 전투에서 전사 통지서로 날아온 아버지
인공난리에 스물여섯 외동딸 청상으로 남아
대나무 숲 몰려드는 저물녘 새떼 소란에
심란한 한숨 눈물짓던 외할머니
논두렁 베다 낫 놓고 쓰러진 큰 외삼촌
밭이랑에 호미 놓고 쓰러진 고모부
논밭 일구며 죽을 때까지도

지아비가 살아 있다는 점쟁이 말
믿음으로 간직했던 어머니
모두 저승 한자리 앉아 있을까
이승에서 묶였던 영혼들
한 상머리에 앉아 따스한 국밥에 술잔 나눌까
조령 옛 주막터 한자리에 모셔 반주 한 잔 올리고 싶어

조령산정 굽은 소나무 눈보라 맞고 있네
그저 눈물 나네 울컥울컥

눈 내리는 날 · 4

- 세한도에 부쳐

벽에 걸린 세한도 한 첩
바라보노라니 따스한 냉기
부르르 우는 문풍지

소나무 아래 초집
윗목 냉수 한 사발
꽁꽁 얼었을까

대정 앞 바다
달은 기울어 하얗고
먹을 가노라니
눈이 내린다

바람 불어 파도는 울부짖고
물보라 갯내 뿌리는 물보라

기다리노라

하염없이 기다리노라

도포자락 날리며 서 있는

그대의 배경에 눈보라는 일어

흐릿하게 지워지는 세상 위로

산 하나 두웅둥 떠 가네

눈 내리는 날 · 5
- 혁명의 노래

현생인류 이래 혁명은 폭포다
아니 폭포가 뿌리는 물보라
아니다 폭포의 물보라가 그리는 무지개

혁명은 오늘밤 베개 맡에 다소곳이 앉아
깨어나기를 기다리며
깨어나 맨발로 몽유의 길
먼 길 나서야 할 지아비의 동행을 기다리고 있다

살 냄새 땀 냄새
향기로운 말이 떠도는 마을 어디쯤
짐을 풀고 혁명은 누워 있다

사람의 마을에 저녁연기 가라앉고
숲이 수런거리면 깨어나 새떼처럼 흩어졌다가는
눈부신 아침 적설로 혁명은 내려 와 쌓여 있다

적설의 세상 평온 속에서
돌아갈 곳 없는 상한 짐승인 양 숨을 고르고 있다

쏟아지는 저 눈발 속에 숨어있는 무지개

눈 내리는 날 · 6

분분히 날리는 눈발 바라보노라면
나무와 숲과 산과 사람이 만든 것
지상의 것들 하늘로 서서히 오르고
우리는 아늑하게 가라앉는다
가라앉아 덜컹 멈춘 자리
한나절 귀 도란거릴까
또 한나절 서로의 상처 핥아줄까
하룻밤 어깨 토닥거릴까
하늘로 올라간 것들 내려와 제자리 잡고
우리 올라와 지상에 서서
두리번거리며 낯선 거리 낯선 사람으로
눈 위에 어지러운 발자국 뿌리며
핏발 가신 눈빛으로 다시 걸어 흩어질까

지리산하

지리산 등뼈를 밟으며
반야봉에서 바래봉을 건너다 보거나
벽소령 마루에서 세석평전을 올려보거나
굽이굽이 서리서리 진저리 또한 부르르
지리산정, 주저앉아 산하를 바라보노라

사라졌다가는 다시 돋아나는 마을
연기는 사라지고 또 피어오르고
처마 닿게 장작 쌓아두고
한 겨울 웅크리고 싶어라

폭설은 내려 나무들 무겁고
우우우 골짜기로 몰려오는 바람
산정에 이는 눈보라
하늘 닿은 눈길 찾아오지 마라
내 거기 있고 그대 여기 있으니

닫힌 문밖 마른 나뭇가지
휘어졌다가는 다시
그대에게 뻗어 가노라
한 치씩 한 치씩만

겨울밤

하늘에 총총 이글거리는 별들
유성 하나 길게 일획을 그으며
지상을 향해 수직으로 낙하
하여 대기권에서 사라지자
술렁이는 몇 개의 별
성호를 긋고 합장을 하고
명복을 빈다
천국에서 편안히 쉬시라
지구의 저쪽에선 한 송이 꽃이 지고

제2부

고향에게

향수 · 1

마당귀 서서 울던 어린 아홉 살
떠날 때 우물가에 꽂고 온 버들
불어오는 바람에 마음 설레어
나부끼며 그대 얼마나 늙었는가
앞산 그리매 비치던 눈썹달도 떠 있는가

떠나온 사람으로야 이런 안부도 부질없거니
앉아라 앉아라 지금은 다만 강둑에 앉아
어두워진 강심에 돌을 뿌리고
포장마차 나서서 이마를 쓸어 올리며
문득 눈 주어 바라보는 이내 어릴 적
별 하나 나 하나

향수 · 2

한밤중 별이 보이지 않는 곳
새벽 닭울음소리 들리지 않고
웅웅웅 쇠울음으로 날이 밝아 오는 곳
너무 오래 돌아 왔구나
떠돌며 먼 길 돌아 왔구나

형의 안부 · 1

청댓잎 다소곳 잠풍한 밤
논두렁에 나 앉아 꽁초 내던지자
머리 위로 지는 살별 하나

마늘 풍년 마늘금 똥금
생강 흉년 생강금 찔끔
고추 풍년 고춧금 덜커덩 덜커덩
땅 파먹고 사는 것 한숨이다

반딧불 어지러이 날고
올망졸망 자식들 눈망울
어찌하겠느냐
땅은 받은 대로 주는 것을
들어가 미안한 아내
땀 흘리며 달래야지

형의 안부 · 2

돌아오는 봄에는 떠나리라
떠나리라 겨우내 문풍지와 함께 잉잉잉
마음 울었으면서도
이 봄 씨를 뿌린다
먹고 사는 것과 고단으로야
훌훌 떠남만 못하다만
아버지 풀무질로 만든 연장 눈에 밟히고
귀거래사를 읊고 있는 너를 생각하면
어찌 쉬 떠나겠느냐

귀거래사를 버려라 울밑에는 울화병처럼
빈 소주병 쌓여 반들거리고
뜰 안 국화나 마당가 솔이며 먼 산
바라보노라니 아찔한 빛 생각
귀거래사 부질없는 호사다

재만네 살던 빈 집으로 제비는 돌아와
예같이 지지배배 방정떨지만
이 나라 대대로 징그러운 땅
땅이 무에냐
농사는 돈이 아니라 명줄이라는 어머니 말씀
서슬 빛나는 쇠스랑 되어
발등 찍어 땅에 꽂힌 채 뺄 수가 없구나
그래 이렇게 주저앉아 있구나

이 봄 또 씨를 뿌린다

형의 안부 · 3

너도 기억하느냐
네가 농업학교 2학년 때던가
69년도 늦가을 논두렁에 쳐 둔 볏가리
호우로 무너져 천수만으로 떠 내려가던 걸
입술이 새카맣게 질려 허리까지 빠진 채
물에 불은 볏단 하나씩 죽어라고 건졌지
들쥐들 물에 둥둥 떠 다니고
어머니는 사람 목숨이 중하다며
어서 나오라고 발을 동동 굴렀지만
어둠까지 버티면서 불어터진 벼 네 가마
목숨 걸고 건졌지
이튿날 네 동창 연선이는 해미(海美)
썰물 진 갯가에 주검으로 누워 있었지
퉁퉁 불어 누워 있었지, 그 오슬오슬한 뻘밭
아직 잊지는 않았을거다

이 겨울 눈은 내리는데
논두렁 볏가리 그냥 서 있다
탈곡해 품삯도 못 건질 걸 무엇하느냐고
하늘도 무심한 것인가
수채에 흘린 보릿쌀 한 톨
하늘이 무섭다고 벌벌 하셨느니, 어머니

그 해 삼동을 싸래기 밥으로 넘겼지

너희 식구 다녀간 밥상
오늘은 쓸쓸하다

형의 안부 · 4
–적자 농법

말복 열흘 전에 퇴비 넣어
씨 뿌리고
한 평에 열두 포기씩
엎드려 삼천육백 포기
허리가 저리다

가을 가뭄 물 퍼 나르며
건너편 영진 에미 엉덩짝만하게 키워
포기당 삼백 원 밭떼기로 넘기라는 걸
대처에선 도매 팔백 원이라기에
짐 차 석 대 빌려 천 포기씩 실어
한밤을 달려 용산 청과시장 새벽

한나절 지나도 넘기지 못하고
저녁 어스름 간신히 백오십 원에 넘기니
차비 제하고 아무리 셈해도 밑졌다

주름 깊어지는 적자 농법, 이 나라의 농법
심란한 간밤 꿈 일어나 바라보니
찢어발기고 싶은 땅
배춧잎 수북하니 널려 있다
바라보노라니 당체 해답 없으나
헛간의 쟁기 꺼내 소 멍에를 건다

농법(農法)

봄에 씨감자 넣고
고구마 순을 꽂아
풀과 함께 키웠다

초여름엔 감자 캐고
고구마는 가을에 캤다
감자 두 자루 고구마 세 자루
돈으로 치면 얼마치나 될까?

고추 심어
첫물 고추 예닐곱 근 딴 뒤
고추들 물컹물컹 후두둑 떨어졌다

김장거리 배추와 무씨를 뿌렸다
산비둘기 까치들 헤집어 듬성듬성한 새싹
흰 나비 애벌레 자벌레 굼벵이 민달팽이 여치 포식하고

육신 공양을 올린 뒤 힘겹게 새살 돋아 버틴 것들
소금 뿌려 절인다
돈으로 치면 얼마치나 될까?

그래도 그게 어디냐고
사람의 땀이 이렇듯 실패가 아니기를
키 작은 아내는 흰 이를 드러낸다

울섶에 꽂힌 어머니의 호미
농사는 돈이 아녀 명줄이여
녹슨 소리를 낸다
農자를 가만히 들여다보면
거기 하늘의 조화가 있거늘
천지신명의 기교, 농법이거늘

어떤 사설 I · 금욕기

문경 새재 너머 산 중턱에서 농사를 짓고 있는 고종사촌에게는 발목이 엄청 굵은 종자 미상의 황구 한 마리가 있어 고라니며 멧돼지를 쫓아내 범접을 못하게 하니 농사에 큰 힘이 된다나

이놈이 한 번 컹컹 짖으면 산 아래 마을을 울리고 이따금 내려가면 동네 개들이 꼬리를 짝 붙이고 오줌을 질금거리며 흘금흘금 도망간다나 발정난 암캐가 있으면 어떻게 알아냈는지 어김없이 내려와 흘레붙고 저보다 먼저 흘레한 수캐는 용케 찾아내 한목에 물어 죽이니 동네 수캐들은 암내 난 개가 돌아다녀도 그저 바라만 볼 뿐 언감생심 근접하지 못한다나 그래 사람들은 호랑이가 환생한 놈이라고 그놈 종자를 받아야겠다고 원근에서 암캐를 끌고와 이놈 집집이 처첩을 두었으니 암캐 있는 집은 모두 사촌과는 사돈댁이라나

그런데 이상하더란다 이놈의 새끼들이 숙성해 발정을 했는데도 도대체 거들떠보지도 않자 동네 수캐들이 비로

소 춘정을 풀게 되었다나 물바가지를 끼얹어도 작대기로
맞아도 떨어질 줄 모르는 저 질긴 춘정

어떤 사설 II · 여름한담

아~! 아! 이장인디유~! 금학리 이구 삼박골 산잇재 벌말 시리미 주민들께 알리것습니다 오늘 서울 저어기 여의도로 가서 쌀 수입 개방 반대 시위헐텐디 마을 회관 앞에 뻐쓰 대놨응께 오슈덜 싸게싸게 데모허러 가닝께 복장은 편안허게 작업복으루 와두 뎁니다 아!아! 다시 한 번 알리것습니다~~~~~~~ 동네 구석구석 울리는디

방앗간 앞 그늘에서는 한 사설이 풀어진다 우리네는 가야 데모허는디 걸리적거리는 쭈구렁바가지들잉께 워디 시언헌디서 한나절 보내세 제~ 에~ 길~ 헐~ 데모는 무슨 놈의 데모여 바쁜디 고추허구 담배는 은제 딸라구! 그레기 말여 에~~ 데모헌다구 쌀갑 오르간디 빌어먹을 농사 진 거 우리나 먹고 팔지 말믄 될 거 아녀 아따 꼬추랑 담배랑 콩 팥 안 팔먼 쐬주허구 막걸리는 무슨 돈으루 사먹는댜~~! 누가 공짜루 주간디 팔자 좋은 소리는 그렁께 지랄 같은 세상여 돈 읎는 세상 돈 안 쓰는 세상 맹글자고 데모나 헌다믄 갈까 헤에 돈 안쓰는 세상으로 갈 날도 머

지 안치 아앗따 거기 가서두 만나자구 저기 산이별 마당바
위서 뫼서들 술이나 한 잔 하자구 어이구 뒈지믄 가만이나
있지 구신 동네 맹글나나 뒈져서두 모이게~~~ 헤에 우
리가 이승을 뜨고나설랑은 이 동네도 참말로 적적헐텐디
버스가 마을 어구를 벗어나고도 한참 적막 찢어내는 매
미는 매암매암 햇빛 쏟아내고 아이구 허리야! 이따 국수
쌂믄텐께 즘심 잡수시러 오슈덜~~~~ 호물호물 한 걸
음이 고샅을 돌아가노라

유년의 밤 · 1

바람벽에 매달아 놓은 마른 시래기 바스락 잠을 깨우고 흔들리는 등잔 아래 어머니 이앓이 신음이 창호로 흘렀다 저녁나절 벗겨다 놓은 오동나무 껍질 삶아 입에 오므리고 소리 죽여 깨어 있는 어머니의 잠 등잔불 파랗게 죽었다 다시 살아나며 흔들릴수록 또렷한 나의 잠 아버지 언제 오나 머리 긁어 보라 재촉하지만 머리 긁으면 정말 아버지가 올까 마당가 승냥(대장)간 허물어져 가는데 뒤통수 긁어 보지만 아버지는 오지 않으리라 (아버지는 돌아오지 않는다고 면서기가 다녀간 뒤 동네는 뒤숭숭했다) 옥양목 수건 머리에 질끈 매고 전우에 시체를 넘고 넘어 뒷재 너머 한다리 주막 앞에서 낙동강아 흐르거라 우리는 전진한다 트럭 타고 군대 간 아버지는 오지 않으리 뽀얀 먼지 속에 어쩐지 슬프게 사라져간 군가처럼 오동나무 낫질로 쑤셔 오는 손가락 피 굳는가 모자의 뜨락을 쓸고 가는 바람소리 기다리는 등잔불은 파랗게 죽었다 흔들리면서 다시 일어서는 밤은 깊고 깊어

유년의 밤 · 2

뒤란 댓잎 달빛 젖어 잠들고
살며시 뒷문 여는 누나의 기척
독하게 밀려오는 밤꽃 내음
물바가지 끼얹는 소리
담 너머 달빛은 고양이 혓바닥으로
어깨며 잔등 삭삭 핥으리
대숲에 숨어 있던 귀기들 숨죽이리

소름 돋는 밤, 귀는 뒤란에 둔 채
출렁출렁 흘러오는 잠의 물결

유년의 밤 · 3

오월 초이레 기우는 달
떼로 피어 흔들리는 망초꽃 무더기
장독대 위 정화수 하얀 사발
빌고 비는 우리 엄니 합장
처마 밑 고인 어둠이 가느다랗게 흐르는 밤

풍경

타박타박 걸어오는 시오릿길 신작로
책보에서 딸각거리는 필통의 연필
저 혼자 방정스레 구구단 외우네

보리밥 한 그릇 물 말아
고추장에 풋고추 찍어 먹고
쇠꼴 베러 지게 지고 나서는 길

아득히 내려다보는 산봉우리

왼손 검지 손톱 밑에는
날 선 낫 자국, 시방도 남아 있네
어슷비슷 하얀 핏줄처럼 선명한 시절

도비산*정(島飛山頂)

어느 해 정월 열엿새 달이 바다로 잠기자
파도가 화들짝 섬 하나 흔들어 깨워
놀란 섬 날아 와 산으로 앉아 있지

해가 오르고 해가 지고
산정의 바위들 일어서서 바라보고 있지
올망졸망 흘러가는 섬들
언젠가 날으리라 달이 지는 쪽으로
활개 치려는 울음을 숨죽여 듣고 있지

* 도비산 : 충남 서산 인지면과 부석면에 황해를 바라보며 솟아 있는 산

겨울 숲

어릴 적 동무 달진이
태어나 산골 떠난 적이 없는
사시 눈 여전히
넓은 어깨 굵은 주름 지워진 지문

파헤친 흙
몇 개의 산을 이루리
제가 이룬 산처럼 앉아 잔 들어 넘긴다

그가 산아 하고 부르면
산은 어이 하고 대답하지
그가 산이여 하고 부르면
산은 다가와 어깨에 손을 얹지

정상이나 절정에는 가지 말아라
부시시 잡목림의 나무들 깨어나

그의 숨결로 겨울, 소리없이 따뜻하다

달진이
-고향의 돌

팔봉산 깊은 계곡 더듬어
괴석 한 뜨락 부려 놓고
가문 날 시린 물 길어
돌에 물 뿌리며 산다
아내도 없는 서른 일곱의 나이
읍내 중학교로 인천 공장으로 모두들
꿩새끼마냥 풍기쳐 나갔지만
절골 양지편 흙집에서
노인네들이랑 듬성듬성 아이들이랑 눈 아래 품고서
고향의 우뚝한 팽나무처럼 서 있다

명일때면 찾아드는 피붙이며 동무들
고향의 돌 안겨주고는
세속 도시의 것들 떠나보내며
꿈속에 살 듯 웃는다
팔봉산 어깨너머 꽃구름 스러지면

훨훨 활개치는 산줄기에 걸터 앉아

승천하는 젊은 신선, 달진이

이사 가는 길

싸매고 싸맨 남루 펄럭이며
식솔들 이끌고 이사를 간다

짐 속에 잠든 꿈의 흔적들 멀미하고
트럭 꽁무니에 매달린 녹슨 세 발 자전거
개나리꽃 전송을 스치며 헛바퀴 도는구나

셋방에서 셋방으로 변방에서 변방으로
낯선 곳 강화도 건너 교동도 가는 길
섬나라로 이사 간다고 랄랄라
머리칼 날리는 네 살배기 딸아이

지나치는 길 '꽃물리'라는 이정표
먼 마을 그만 짐을 풀고 싶어라
산기슭에 똬리 틀고 있는 아늑한 동네

정혜사운(定慧寺韻)

딸아이 앞세우고
빛나는 가르마 주름진 황토고개
산등성 그 너머 물소리 끊어지는 곳
깔깔깔 아기 부처 만나러
아장아장 가는 길

스님은 어디론가 떠나고
백일홍 꽃잎 소복, 빈 절 마당
먼 길 왔구나
아주 먼 길 왔구나
등 굽은 솔바람
머리칼 쓰다듬네

한 계단 오르면 흰 구름
한 계단 오르면 산마루
한 계단 오르면 용마루

한 계단 오르면 돌부처

돌부처 금 간 웃음

싹싹 머리 밀고 나랑 살자

행자승 되어 나랑 살자

소맷자락 잡는 눈길일레

제3부

울기 좋은 날

울기 좋은 날

그날 옷고름 적시지 말거라
그날 옷소매로 눈시울 닦지도 말거라
말없이 그냥 침묵의 춤
말없는 말이 없는 한 판의 굿

한반도가 흔들흔들
남동황해의 물결 출렁출렁
모든 섬들 또한 덩실덩실
온몸으로 온몸으로 땀에 젖어
신명으로 춤을 출 뿐, 그날

신명 다 하여
기도 진하고 맥도 진하고
산하 고요하거든, 울기 좋은 날이라
울음 한 번 크게 울리라
울음의 끝, 소리 죽이노라면

산하는 일어나 진동하리라

무등을 태우며

부스스 늦은 잠 깨어
한나절 해를 넘기는
실직의 겨울날 하오
엎드려 등위에 무등을 태운다
이랴 낄낄 방에서 마루로 마루에서 방으로
어린 남매 너희는 서부를 달리는 장고가 되어
모래 먼지 부옇게 신나지만
등에는 마른 메주 같은 혹을 달고
나는 뚜벅뚜벅 무릎걸음 기는 낙타
사막을 기는 목마른 낙타
창호에 비치는 겨울날 하오의 햇살이
소금밭에 뒹구는 지렁이처럼 따갑구나
이랴 깔깔 신나는 아이들아
아무래도 이 세상에서는
들어갈 바늘구멍마다 눈을 감았다 감았어
천근만근 뚜벅뚜벅 신나는 아이들아

무등을 타거라

너희가 살아가는 세상 無等한 세상

봄날의 간병

결혼해서 이십 년
단칸 셋방에서 또 셋방으로
열한 번 이삿짐을 꾸려, 변방에서 변방으로
이삿짐차 꼭대기 거꾸로 실린 세발자전거 헛바퀴 돌듯이
그렇게 밀려 떠도는 둘째 아들네

처음 장만한 제집 열다섯 평 아파트
이사 간 날 밤 방안에
정화수 한 사발, 생쌀에 향 꽂아 피우고
촛불 밝히고 먼 길 오셔서
팔양경을 읽었지, 자정 무렵 낭낭하던 타령조 염불

그 은공인지 몰라, 술에 억수로 취해
시간도 방향도 모르는 채, 반지하 셋방으로
무사히 귀환한 것은, 험한 세상 험한 꼴 피해
무사히 귀환한 것은

비틀 기우뚱거리며 살아가는 행로
바로 걸어 가거라 애비야
애비야 바로 걸어 가거라
팔양경 구구절절 아직도 귀에 선연한데
이제 떠나리라, 가벼워야 육신 벗어놓기 수월하니
야윈 숨결 그냥 잦아들어

진달래꽃 지고 작약 흐드러진 뜰을 바라보며
흐린 눈동자 한 생애의 기억을 지우고
애비야 이제 갈 때가 된 것 같구나, 혼자 가볍게
저 허공 우주 너머 있을라나 서방정토는

생의 마지막 봄날이 저문다

속허생전 · 1

아내여 북을 치게
배 댈 곳 어드멘가
청산이 아프게 아프게 북을 치게
순한 바람 등을 밀어 낼지니

굳은 살 박힌 손 잡아
허리띠 풀고 씨를 뿌려
무식하게 살아야 하느니

앉은뱅이 아내여
새소리 몰려들고
저녁 연기 피어 오르는 곳으로
어지러운 천파만파 망망망 북을 치게

그대 수줍은 푸르른 그늘
늦자식 걸음마로 다가오리

속허생전 · 2

사면하라
저 섬에 내다 버려야 할 것은
너희가 아니었던 것을
품석 곁 허리 구부린
수염 꼿꼿한 것들
내 잘못 사면하라
역사여

낡은 일기

이삿짐 꾸리다 보니
누렇게 낡아 바스라질 듯
판독되는 몇 글자, 젊은 날의 일기
일천구백칠십년대의 일기

-오늘은 이상기후(異狀氣候)

어제의 일기에는
목적어가 일어나 주어의 목을 조르고
바둥거리는 주어의 곁
서술어가 서슬 시퍼렇게 일어섰지만
파랗게 질리고 만다
문법은 다만 허구이니
서술어 너는
눈물과 땀을 닦고 비수를 쥐어라

술을 마시며

소주를 마셨다
마시다 보니
속 후비는 고통에 백기 들어
투명한 눈물 삼키면서
맥주로 바꿨다
속이 부글부글 끓어올라
단주를 결심했다
단주의 나날
귓속에서는 늘 이명으로
이슬 내리듯 방울소리가
딸랑딸랑 하늘로 흐르고
술이 그리웠다 취하는 술
이 나라 사내의 넋을 잠들게 하는
술술 넘어가는 술
비틀거리며 서쪽으로
피멍든 시인이 절름절름 울며 가던 길

바다 건너 달이 기우는 그 너머
숨은 물의 나라인가
혹은 불의 나라인가

어떤 여정

눈길을 걸어 걸어서
포구에 도착했을 때
밀물 밀려오는 뻘밭
낡은 목선 한 척 발 묶인 채 뒤척였다
섬으로 가는 배는 섬으로 떠난 뒤 돌아오지 않고
방파제 해변의 아낙들은 잡어를 고르고 있었다

머리칼 일으키는 바람
날리는 눈발 몇 점
무참히 스러지고, 눈이 그쳤다
눈 그치자 아득하던 섬들 사라지고
걸어온 길 끊어졌다

초병의 눈초리 등으로 받으며
군견의 이빨을 피해 날리는 담배연기
내 마음의 중천에 날던 새 날아간 곳

사람이 살고 있는 섬
꽃이 피는가 펑 펑 펑

야행

창 없이 벽만 들어서며
새로 시작되는 산번지
녹슨 안테나 빠져 나와 둘러보다가
고개 숙이는 밤은 깊고 겨울은 더욱 깊어
눈이 내리다 그친 뒤 떠도는 몇 점 눈발
지하도에 깔리는 저음의 목소리
취한 사내들의 발끝에서는 사슬 끌리는 소리가 난다

제 가락을 잃고 종소리는 어디로 가나
어디로 가는가 길이 되지 않는 종소리
쌓인 눈 위로 문득 내리는 눈
낮은 창 등명(燈明) 아래 오오
비로소 빛나는 눈발의 일생
보아라, 박명(薄明)의 그림자 동행하며
세상 끝에 펄럭이는 백기
옛달은 변방의 낯선 하늘에 걸려 있다

그리운 천국

지하철 문이 닫히고 덜커덩
– 할렐루야 –한 여자가 외친다
– 환란의날이가까우니주예수를믿으라
– 환란의날에도나와네가구원을얻을지니
할렐루야
덜커덩 제각기 흔들리는 무심
– 아빠, 패드가 뭐야?
딸아이가 동그랗게 올려다 본다
(앞서가는 여성의 패드-미라젤
얇고 흡수력이 뛰어나 활동적인 여성의 패드)
눈웃음 치는 멘스
– 크면 알아
(뭐더라, 서답 속곳? 그래 크면 알아 알구말구)
– 아빠 크면 사줄 거지?
피 묻은 난지도에 연기가 오른다
주예수를믿으라할렐루야 덜커덩

제각기 흔들리는 손잡이

내리는 문은 왼쪽? 오른쪽?

WAY OUT -밀려간다 WAY OUT -밀려간다

WAY OUT -무심히 허공으로 오르는 발길

?하늘이?없다

제4부

산수유에 부침

산수유에 부침

저녁나절 대숲으로 몰려드는
새떼 소리 같던
너희 음성은 켜켜로 내려 앉아
빈 책상 위에 수북하구나
무슨 열망으로 꼿꼿이 앉아 초롱초롱 연마하였느냐
이십 년 넘는 세월 저쪽을 건너다 보면
구할 구푼이 거짓인지 몰라 내가 한 말
삶은 문법이 아니라는 걸 금방 알아차릴 걸
칠판 가득 썼다 지워버린 허망한 말들
몇 마디나 은대의 갑골문자마냥 너희들 마음에 남아있겠느냐
생애의 보석으로 빛나겠느냐

농업의 아들 딸들 썰물처럼 빠져나간 이 교실
지문에 낀 분필가루 부끄러움처럼 지워지지 않고
말처럼 마음처럼 살아가지 못하는 생애 너절하구나 너

절해

너희가 살아가는 나날 이 땅 돈 없고 줄 없는 서러움에
치를 떠는 신새벽이 있을지라도
잊지 말거라, 저 창밖 산수유 꽃망울
가장 먼저 달려와 이 변방의 섬에
온 몸으로 봄을 알려 주던 산수유
잎보다 먼저 나와 봄이 왔다 소리치고
잎 다 떨어진 뒤 붉은 꽃
눈발 속에 붉게 빛나는 결실 남겼잖니
주유소에서 공장에서 직업훈련소에서
기억하라 책을 덮고 눈길 던졌던
산수유 여린 꽃망울

식물성 노동

교사는 노동자냐 전문직이냐

봉제공 선반공 용접공이 전문직이듯
교사는 전문직이다

모두 잠든 겨울 신새벽 리어카 받쳐놓고 찬바람 몰며
얼어붙은 간 밤 토악질 떼어내며 거리를 쓰는 청소부
불바늘 내리 꽂히는 여름날
비탈진 돌 밭 참깨 밭 매는
어머니의 노동이 해탈이듯
교사의 노동은 식물성

학교 - 3월

뇌병변 보라는 중학교에 입학하였습니다

엄마가 밀어주는 휠체어 타고

교문에 들어서는 보라의 뒤에는

신이 난 동생이 누나의 가방을 들고 깡총깡총 따라 옵니다

제비꽃 숨어서 갸웃이 눈길 보냅니다

학교 – 4월

섬진강변의 꽃소식보다 한 달은 늦어서
교정의 매화 꽃망울 터뜨렸습니다
겨울을 이긴 절개나 은은한 향
즐기거나 놀라 눈길 주는 사람 없어도
아이들 까르르 웃음 소리에
껄껄껄 향을 풍기며 매화는 피었습니다
아이들 육두문자 소리소리 울리자
매화꽃 그만 눈을 감고 시들어
봄과 함께 사라지네요

학교 – 5월

지필고사로 홍역을 치룬 학교는
한 바탕 소란으로 홍겹습니다
아이들 함성이 하늘에 출렁이고
가출에서 돌아온 종운이는
씩 웃으며 교실문에 들어섭니다

학교 – 6월

옥상 아래 교실은 찜통입니다
'짜증나! 졸라! 쩔어!' 교실을 울립니다
선생님의 목소리는 힘없는 자장가
한 밤중 하얗게 지축을 울리며
곧은 소리를 내면서 곧게 떨어지는
폭포가 한 없이 그립습니다

학교 – 7월

아이들이 썰물처럼 빠져나간 뒤
왼종일 쟁쟁쟁 노는 햇살
운동장에 풀들 키우고
매미소리 따라 담쟁이는 한 뼘씩 자라
문 열었지만 텅 빈 도서관 들여다보다가
홀로 있는 사서 선생님과 눈 맞추고
심심하다고 잎새만 흔들고 있습니다

학교 – 8월

밀물처럼 돌아와 출렁이는구나
반갑다 지지배배 까르르
미국으로 필리핀으로 어학연수 갔다 온 아이
날마다 너댓 시간 학원에서 여름을 난 아이
방학이 방학이 아닌 아이들
그래 방학이 반갑지 않은 아이들

함평 할머니댁에서 옥수수랑 고추 따고 김매고
한 여름 나고 온 현진이 남매
검게 탄 얼굴이기에 더욱 반짝이는 눈동자 하얀 이
염천에 염전 바닥 앙금 엉기듯
깍지 속의 콩 여름을 여물듯
너희는 영글었구나 오지게 영글었어

새해 아침

새해 신새벽
얼음을 깨고
물 길어 정수리에 붓는다
기립하는 정신
숲은 깨어나고 후두둑 새가 난다
죄와 실패로부터 벗어나는 가벼움
돌아오는 죽지 무겁다하여도
빛나는 비상이여
비상이여

연모(戀慕)

–절머슴의 사랑

이월 보름이라 에헤라

열두 발 상모 발길은 날아

빙글빙글 돌고 도니

휘영청 풍장소리 어지러워라

울 안 계집애야 울 안 계집애야

꽤갱꽹 꽤개앵 꽹 따라오는 자진모리

기우는 달을 따라

불당골 접어들어 여염을 바라보니

웬만하면 계집애야

등불이나 밝혀 놓지

나의 노래

누구는 나의 노래를 음치라 하고
누구는 나의 노래를 박치라 하네
어쩌다 음이 맞으면 박이 어긋나고
어쩌다 박이 맞으면 음이 달아나네
절름발이인 줄 모르며 부르는 절름발이 노래는
굴뚝새인 듯 할미새인 듯 기우뚱
샐쭉샐쭉 세상을 건너가고 있네

| 해설 |

고통의 힘 - 트라우마와 순결의 포에지

조재훈(시인, 공주사대 명예교수)

I

원고를 받고 나는 속에서 오르는 흥분을 누르기 어려웠다. 어쩌다 여러 해 만에 만나게 되면 그동안 쓴 글을 보고 싶다고 하곤 했는데, 그때마다 그는 우물쭈물하며 뭐 '써져야지요' 그랬다. 어디 공든 탑이 무너지랴. 그동안 숨어서 써 둔 여든 편의 시와 만나게 된 것이다. 대학생 시절 그는 '수요문학'의 맥을 이은 '율문학' 동인 모임의 열렬한 회원이자 회장이었다. 졸업 후에도 표 나지 않게 시창작을 지속한 내공이 그에게는 있다.

문학청년 시절 그는 이런 말을 한 적이 있었다. '추천이며 등단이며 뭐 그런 것 생각하지 않고 일생 동안 한 권 분량의 시를 모아 딱 100부만 찍은 다음 70부를 친지들에게 나누어 주겠다.'는 것이었다. 강의 시간에도 한 번쯤 그런 말을 했지 싶다. 그러나 그 생각은 지켜지지 않았다. 그것에 대해서 할 말은 많지만 어쨌거나 파계임을 부정할 수는 없는 노릇이다. 그런데 이 선생이 그걸 지킨 것이다. 젊어서부터 이 섬 저 섬으로 교사직을 전전하면서 내적인 성실과 노력으로 고집스러운 '삶'을 우리에게 보여 준다는 사실은 감격스러운 일이 아닐 수 없다. 그는 언젠가 장학사 같은 전문직으로 교육청에서 근무하면 어떤가 물으면 스스로를 가리켜 '야전이 좋지요.'라고 하면서 학생이 있는 학교 현장을 떠나기 싫다며 웃은 적이 있다. 교직뿐만 아니라 문학하는 것에서도, 삶을 영위하는 작금의 그의 '농업'에서도 그러한 사실을 쉽게 발견하게 된다.

II

① 80편의 시를 두 번 읽었다. 한 번은 소독(素讀)으로서 대충 훑어보고, 그 다음 정독과 미독(味讀)을 겸하여 천천히 읽었다. 언어의 쓰임새가 정제되어 있고 또 압축이 적절하여 긴장감을 불러일으켜 주었다. 수월하게 넘어가는 것이 하나도 없었다. 단단한 미적 구조를 가지고 있어 어디에 내어 놓아도 수준급의 시임이 확인되었다. 시인이라는 종(種)이 별나게 따로 있는 것은 아니지만 나는 그를 시인이라고 부르는 데 주저

하지 않는다. 이후 이 글에서 이 시인이라고 부르는 근거이다.

이 시인의 시는 거의 농촌을 배경으로 하고 있다. 도시도 없는 것은 아니지만 농촌과 거기에서 사는 사람들을 향한 애정으로 가득하다. 그것은 이 시인의 태생과 지향을 말해 준다.

그의 시를 지배하는 뿌리는 그가 태어나 자란 고향(시골)이다. 그 뿌리에 가족과 이웃이 있으며 궁극에 어머니와 아버지 그리고 형 등의 혈육이 존재한다.

그의 시를 형성하는 여러 요소, 그의 트라우마, 흙(농업)에의 그리움, 교사로서의 다음 세대를 향한 사랑 등과 그의 궁극적으로 도달하고픈 유토피아가 무엇인지 차례대로 살펴보고자 한다.

② 사람은 누구에게나 트라우마가 있다. 그 상처가 마그마처럼 세상에서 일어서는 힘이 되며 때로는 끊임없이 괴롭히는 장애가 된다. 톨스토이에게도 청년기의 화려한 타락이 있었으며 소월에게는 가운의 쇠락과 아버지의 정신이상이 있었다. 백석에게도 가정 사정상 농본사회에 정착하기 어려운 유민의식이 있었고, 윤동주에게도 조국을 두고 간도에서 살아야 하는 민족적 비극의 상처가 있었다. 사실 트라우마라고 하면 심리학적으로 유년시절의 심리적 상처를 뜻하지만 태어나자마자 억압하는 극한 상황 등도 포함하여 이해할 수 있다.

이 시인의 시를 이루는 바탕에는 아버지와 어머니가 있다. 그것은 좀 특별한 모습을 보여 준다. 6 · 25라는 민족 상잔의 전쟁이 있기 때문이다. 6 · 25는 일제 치하의 침탈과 이어져, 가족이 파탄을 겪는 가족사의 비극을 이룬다.

산정 바위 옆
구부정한 소나무
눈물 나네

일제 치하 남용군도로 징용 나가
돌아오지 못한 재당숙
동란에 제주도에서 훈련 받고
배고파 배가 많이 고프니 송아지라도 팔아
돈좀 부쳐달라는 편지 한 통 마지막 말로 남기고
김화 전투에서 전사통지서로 날아온 아버지
인공난리에 스물여섯 외동딸 청상으로 남아
대나무숲 몰려드는 저물녘 새떼 소란에
심란한 한숨 눈물 짓던 외할머니
논두렁 베다 낫 놓고 쓰러진 큰 외삼촌
밭이랑에 호미 놓고 쓰러진 고모부
논밭 일구며 죽을 때까지도

지아비는 살아있다는 점쟁이의 말

믿음으로 간직했던 어머니

모두 저승 한자리에 앉아 있을까

이승에서 묶였던 영혼들

한 밥상머리에 앉아 따스한 국밥에 술잔 나눌까

조령 옛주막터 한 자리에 모셔 반주 한 잔 올리고 싶어

조령 산정 굽은 소나무 눈보라 맞고 있네

그저 눈물 나네 울컥울컥

-「눈 내리는 날 · 3 」 전문(밑줄은 필자)

시의 화자(퍼스나)는 눈 내리는 한겨울 문경새재에 와 있다. 산꼭대기의 굽은 소나무가 눈을 맞는 것을 바라본다. 굽은 소나무가 고향 지킨다던가, 그래서인가 모두 비명에 간 피붙이들을 떠올린다. 일제 시대 징용가 그냥 거기서 세상을 떠난 재당숙, 폭격 때문이었는지 논두렁의 풀을 베다가 낫 놓고 쓰러진 큰 외삼촌, 밭이랑에 호미 놓고 쓰러진 고모부들이 눈앞에 나타난다. 화자를 더욱 비통하게 하는 것은 아버지의 사연이다. 6 · 25가 나자 갓 스물 넘은 젊은이들을 무작정 데려다가 그것도 제주도 훈련소로 급송하여 총 쏘는 법만 가르쳐 총알받이로 내몰려 재로 돌아온 아버지, 그 아버지의 편지 내용

이 가슴을 울린다. 극심한 굶주림과 돈, 송아지(시골에서 송아지는 유일한 재산 밑천이다.)를 팔아서라도 보내 달라는 연필로 쓴 편지, 이 시인은 그 편지를 안주머니에 소중히 간직하고 다녔다. 어쩌다 술에 취하면 글벗들에게 읽어 주며 울었다.(불운한 시인 함형수의 일이 떠오른다. 자기 묘 앞에 해바라기를 심어 달라고 절절하게 노래했던 「시인부락」의 한 멤버였다.) 몇 살 손위 형과 어린 아들(이 시인)을 그리고 젊디젊은 아내를 두고 이름도 없이 강원도 어느 산골짜기에서 산화한 것이다. 이러한 일은 그 당시 흔한 일이었으나 이 시인에게는 특별했다. 어머니 때문이었다. 용하다는 점쟁이를 찾아가 전사통지를 받은 남편의 생사를 물으니 생존했다고 했다. 어머님은 그 말을 굳게 믿고 상봉의 날만 기다리다가 여러 해 전에 세상을 떠났다. 일찍이 보살로 절에 있으면서 남편의 귀환을 지성으로 빌었다. 그러다가 아주 비구니가 되었다. 보통 부인들과는 다른 기품과 위엄을 가진 분이었다. 청양 칠갑산 자락 정혜사(定慧寺) 주지로 계시기도 했다. 법명은 법우(法雨). 그 고통 속에서도 실낱같은 희망에 의지하면서 자식을 대학까지 가르쳐 성가시켰다. 이 시인의 마음 깊이에는 돌아가신(그러나 점쟁이 말처럼 살아 돌아올) 아버지에의 그리움과 아픔, 그리고 어머님의 피나는 수행……, 이런 것이 도사리고 있다. 남・북적십자에서 하는 '이산가족'의 모임을 텔레비전으로 보면서 법우스님은 아마 네 아버지가 새장가 들어 잘 살고 있을 거라고 했다는 이 시인의 말을 필자는 기억하고 있다. 그의 시에 두루 나타나는 외로움과 울분은 그 트라우마를 모태로 하고 있다. '울컥울컥' 눈물 나는 화자(시인)의 심정을 이해할 수가 있다. 어쩌면 우리 민족이 공유하는 슬픔이라는 게 옳을 것이다.

③ 그의 고향의식은 특별한 데가 있다. '고향에 고향에 돌아와도 / 그리던 고향은 아니러뇨'의 류와는 근본적으로 차원을 달리한다. 멀리 두고 그리워한다거나 또는 고향의 기대감이 상실되는 등 그런 감상(感傷)이나 허영끼 같은 것을 발견하기 어렵다. 그것은 그가 갖는 삶의 원천이기 때문이다.

흙속에서 사는 혈육과 친지들의 구체적인 삶이 생생하게 드러나 있음을 우리는 주의 깊게 눈여겨 볼 필요가 있다. 도시로 상징되는 오늘날의 자본과 문명에 대한 날카로운 비판이 숨어 있는 것이다.

그는 삶의 터전인 고향의 농촌을 떠나와 있음을 이렇게 노래한다.

한밤중 별이 보이지 않는 곳
새벽 닭울음소리 들리지 않고
웅웅웅 쇠울음으로 날이 밝아오는 곳

너무 오래 돌아왔구나

떠돌며 먼 길 돌아왔구나

-「향수 · 2」 전문

이것은 농촌을 떠난 도시의 삶에 대하여 보여 주는 회한이다.

도시	농촌
한밤중 별이 보이지 않음	한밤중에도 별이 보임
새벽닭 울음소리 없음	새벽닭 울음소리 들림
웅웅웅 쇠소리로 날이 밝아옴 (새벽닭 대신에)	살벌한 기계의 소음이 없음

도시에서의 그의 삶을 그는 '떠돌며 먼 길 돌아왔구나'라고 뉘우친다. 그런 농촌을 그는 도시인으로서 거리를 두고 보지 않는다. 말하자면 객관적 대상의 타자가 아니다. 다음과 같이 고향을 떠나지 않는 어릴 적 동무 '달진이'에 대한 시인의 애정은 관찰자로서의 노래가 아니다.

아내도 없는 서른일곱의 나이

읍내 중학교로 인천 공장으로 모두들

꿩새끼마냥 풍기쳐 나갔지만

절골 양지편 흙집에서

노인네들이랑 듬성듬성 아이들이랑 눈 아래 품고서

고향의 우뚝한 팽나무로 서 있다.

–「달진이」 부분

달진이는 명절 때면 찾아드는 피붙이며 동무들에게 고향의 괴석(怪石)을 구했다가 기념으로 나누어 준다. 이 시인은 이 시의 끝에 '승천하는 젊은 신선, 달진이'라고 칭송한다. 어찌보면 시인의 의식은 '달진이'의 연장선 위에 있음이 분명하다. 산문시,「어떤 사설 1 · 2」,「유년의 밤 1~3」 등도 비록 과거의 추억으로 보이지만 거기에서 오늘의 결핍을 찾고 있다.

「형의 안부1~4 」와 「농법」 등의 시편은 농촌의 현실을 아프게 드러내 보인다. 농촌을 자연이라고 생각하는 일반 지식인의 생각과는 거리가 멀다. 노동과 농촌이 그대로 직결된다는 사실을 실제 체험해 보지 않은 사람들은 알 턱이 없다.

귀거래사를 버려라 울밑에는 울화병처럼

빈소주병 쌓여 반들거리고

뜰 안 국화나 마당가 솔이며 먼 산

바라보노라니 아찔한 빚 생각

귀거래사 부질없는 호사다

–「형의 안부 · 2」 부분

천삼백년도 더 먼 옛날 동진에 살던 도연명(陶淵明)은 녹으로 받는 곡식 닷말에 이 늙은이가 감독 나온 새파란 시골 애[鄕里小兒]에게 굽실거릴 수 있느냐면서, 단호하게 벼슬을 버리고 고향으로 가 농사를 지었다. 그때 고향에 와 그 유명한 「귀거래사」(歸去來辭)를 읊었다. 애주가인 그에게 「음주」(飮酒)라는 시가 적지 않은데 그 가운데 '동쪽 울타리 밑에 핀 국화를 꺾어 들고 넉넉한 마음으로 앞산을 바라본다'(採菊東籬下 悠然見南山)라는 구절이 널리 회자되고 있어 웬만한 사람은 다 알고 있을 정도다. 도잠의 가난을 들어 그의 청빈을 극찬하지만 사실은 그는 진짜 농군은 아니었다. 밥을 빌어먹은 적도 있고 농사일도 직접했다고 전하지만 사실은 농사라는 노동에 전념한 사람은 아니었다. 그의 전기적 사실이 그런 것을 입증해 준다.

이 시인은 단호하게 그 사치스러운 「귀거래사」를 버리라고 명령한다. 울밑에는 국화가 피어 있지만 빈 소주병만 쌓여 반들거린다. 농사짓는다고 산더미처럼 빚만 져 그 울화를 소주로 달랜 것이다. 뜰 안에 국화도 피어 있고 마당에 소나무도 서 있으며 멀리 산도 있다. 그러나 '빚' 때문에 보이지 않는다. 농사를 죽겠다고 지어 보아야 빚더미에서 헤어날 길이 없다.

마늘 풍년 마늘금 똥금
생강 흉년 생강금 찔금

고추 풍년 고춧금 덜커덩덜커덩

땅 파먹는 것 한숨이다.

-「형의 안부 · 1」 부분

이렇게 풍년은 풍년이어서, 흉년은 흉년이어서 빚만 산더미처럼 쌓인다. 그러나 이 시인은 농사에 절망하지 않는다. 「농법」(農法)을 보면 농업에 대한 그의 희망이 잘 나타나 있다.

김장거리 배추와 무씨를 뿌렸다

산비들기 까치들 헤집어 듬성듬성한 새싹

흰나비 애벌레 자벌레 굼벵이 민달팽이 여치 포식하고

육신 공양을 올린 뒤 힘겹게

새살 돋아 버틴 것들

소금 뿌려 절인다

돈으로 치면 얼마치나 될까?

-「농법」 부분

돈으로 치면 말할 수 없이 적지만 거기에는 공생의 윤리가 있고 철학이 있다. 산비들기, 까치도 헤집어 먹고, 나비 애벌레, 자벌레, 굼벵이, 민달팽이, 여치도 포식한다. 이것을 우스갯소리로 '육신공양'이라고 말한다. 이렇게 짐승 · 벌레들이다 먹고 남은 것을 소금에 절여 김치를 담근다. 여기에는 경제 수치의 세계가 없다.

드디어 그는 어머니께서 버릇처럼 말씀하던 '농사는 돈이 아녀 명줄이여'의 의미를 터득한다.

울섶에 꽂힌 어머니의 호미
농사는 돈이 아녀 명줄이여
녹슨 소리를 낸다
農자를 가만히 들여다보면
거기 하늘의 조화가 있거늘
천지신명의 기교, 농법이거늘

– 「농법」 끝 부분

이상기 시인이 교장직에 있으면서, 방송통신대학교 농학과 전과정을 이수하고 학위를 얻은 것도 그러한 신념 때문이다. 농촌을 다 떠나는데 그는 농촌으로 돌아가 경운기를 몰아 흙을 갈고 씨앗을 뿌린다.

④ 교사의 길은 어느 시대, 어디서나 고난으로 차 있다. 공자가 그랬고 소크라테스가 그랬다. 그 사람들은 유명이나 하지만, 대부분의 교사는 무명(無名)으로 무명(無明) 속에 헤맨

다. 참다운 교육이 사라진 시대에 서야 할 자리는 없다. 그래도 많은 교사들이 헌신적으로 일하고 있다.

이상기 시인도 그 중의 한 사람이다. 앞에서도 말한 바 있지만, 스스로 '야전사령관'이라 하듯 최전선에서만 교직을 수행했다. 그 흔한 장학사도 하지 않고 평교사에서 교감, 교장으로 승진한 사람이다.

그의 가난은 유독 심했다. 남의 땅 부쳐 농사짓는 형과 수행승으로서의 어머니로부터 도움을 받는다는 것은 상상도 할 수 없는 일이었다.

셋방에서 셋방으로 변방에서 변방으로
낯선 곳 강화도 건너 교동도 가는 길
섬나라로 간다고 랄랄라
머리칼 날리는 네 살배기 딸아이

-「이사 가는 길」 부분

철모르는 네 살배기 딸아이의 '섬나라로 간다'고 마냥 즐거워하는 모습이 찐한 아픔으로 다가온다. 그의 시 「봄날의 간병」은 집이 없어 자주 이사하는 이야기를 담고 있다.

결혼해서 이십 년

단칸 셋방에서 또 셋방으로

열한 번 이삿짐을 꾸려, 변방에서 변방으로

이삿짐차 꼭대기 거꾸로 실린 세발자전거 헛바퀴 돌 듯이

그렇게 떠도는 둘째 아들네

-「봄날의 간병」 앞부분

단칸 셋방, 열한 번의 이사, 거기에 교직의 가난함이 드러난다. '이삿짐의 꼭대기에 거꾸로 실린 세발자전거'의 허공중에 도는 바퀴, 무슨 곡마단의 이동 같은 이미지가 아프게 떠오른다. 그런 속의 교직 생활을 그는 「식물성 노동」, 연작시 「학교 3월~8월」 등을 통해서 드러내 준다. 특히 다음과 같은 시는 우리의 가슴을 울리게 한다. 길지만 전문을 들어 보겠다.

저녁나절 대숲으로 몰려드는

새떼소리 같던

너희 음성은 켜켜로 내려앉아

빈 책상 위에 수북하구나

무슨 열망으로 꼿꼿이 앉아 초롱초롱 연마하였느냐

이십 년 넘는 세월 저쪽을 건너다보면

구할구푼이 거짓인지 몰라 내가 한 말

삶은 문법이 아니라는 걸 금방 알아차릴 걸

칠판 가득 썼다 지워버린 허망한 말들
몇 마디나 은대의 갑골문자마냥 너희들 마음에 남아 있겠느냐
생애의 보석으로 빛나겠느냐

농업의 아들 딸들 썰물처럼 빠져나간 이 교실
지문에 낀 분필가루 부끄러움처럼 지워지지 않고
말처럼 마음처럼 살아가지 못하는 생애 너절하구나 너절해
너희가 살아가는 나날 이 땅 돈 없고 줄 없는 서러움에
치를 떠는 신새벽이 있을 지라도
잊지 말거라, 저 창밖 산수유 꽃망울
가장 먼저 달려와 이 변방의 섬에
온몸으로 봄을 알려주던 산수유
잎보다 먼저 나와 봄이 왔다 소리치고
잎 다 떨어진 뒤 붉은 꽃
눈발 속에 붉게 빛나는 결실 남겼잖니
주유소에서 공장에서 직업훈련소에서
기억하라 책을 덮고 눈길 던졌던
산수유 여린 꽃망울

–「산수유에 부침」 전문

'이십 년 넘는 세월 저쪽'이라는 것을 근거로 하면 50대를

바라보는 때에 쓴 시다. 교사로서 왕성한 의욕과 성숙이 절정에 이를 때다. 그는 먼저 교사로서의 자아성찰을 보여 준다. 그 동안 가르친 것이 '구할구푼' 그러니까 99%가 거짓이 아닌가, 바른 말을 하지 못했다는 것을 자책한다. 학생들이 '삶은 문법이 아니라는' 걸 금방 알아차리게 될 수 있겠기 때문이다. 그러나 그 속에 진실 하나가 비밀을 간직한 채 '은대의 갑골문자'처럼 그렇게 생애의 보석으로 담기를 기대하고 있다. 어두운 시대에 사는 교사의 양심이 드러난다.

둘째 연은 앞 연의 연약한 자위가 강한 자학으로 돌변한다. '농업의 아들 · 딸'은 물론 농민의 자녀를 가리키지만 '농업'이라고 한 것에 유의할 필요가 있다. 많은 직업 중 자본의 시대에 가장 멸시를 당하는 '촌놈'을 역설적으로 강화해 준다. '돈 없고 줄 없는 ~ 서러움'이 바로 '농업'의 계급적 속성이기 때문이다. 그리하여 학생들은 졸업 후 주유소에서, 공장 등에서 생업에 종사하며 좀 여유 있는 학생은 직업훈련소에 가서 고되게 기술을 연마한다. 변방의 섬에 사는 학생들의 꿈은 현실적인 가난의 조건 때문에 막힌다. '잎보다 먼저 나와 봄'을 알리는 희망의 꽃, 꽃이 진 뒤 붉은 열매를 맺어 눈발 속에서도 보석처럼 빛난다는 사실, 그러한 상징이 '산수유 여린 꽃망울'이며 바로 그가 사랑하는 '농업의 아들 · 딸'인 학생들이다. 첫 연의 '생애의 보석'이 그 다음 연의 끝 부분 '산수유' 열매와 서로 상관을 보여 줌으로써 감동을 증폭시킨다.

이상기 시인은 비록 교사의 공식적인 자리를 정년이라는 제도로 마감하지만 영원한 교사로 남을 것이다. 위에 든 시들은 그러한 사실을 뒷받침하기에 충분하다.

III

시인은 꿈을 가진 자이다. 누군들 꿈이 없으랴만 시인의 꿈은 맑고 높다. 의(義)를 거스르는 것에 예민하고 약한 것에 대한 사랑이 깊다. 그것이 우리를 울리고 사회를 변화시킨다. 모든 것이 향락과 소비로 움직이는 그리하여 문학이 위축된 이 시대에 그래도 시가 살아 숨 쉬는 것은 시가 주는 미감과 더불어 언어도단(言語道斷)의 언어가 있기 때문이다.

이 시집의 모두에 놓인 「칼의 노래」는 그러한 문맥에서 읽힌다.

용천검 드는 칼을 아니 쓰고 어이 하랴
빛나는 예감으로 하늘 한 폭 그시면
쏟아지는 말씀 주체할 수 없는 말씀의 눈발
버히어야 할 것 버히지 못하고
달려드는 적들 누이지 못하고

뻗어오르던 신명 다하고 말면
어이 하리야 어이 하리야

길이 되지 못할 지라도 별빛 따라 떠나는 길
칼 끝에 점점이 맺히는 이슬
이슬 방울 속 별빛 떨치며
킬을 끌어 사위는 어둠을 가야 하리

꿈꾸는 세상은 어디이며
하늘은 누구에게 기우는가

-「칼의 노래」 후반부

이 시는 1862년(1861년 설도 있음)에 수운이 지어 부른 노래「검가」를 바탕으로 하고 있다. 수운(水雲)의 이 노래는 많을 것을 함의하고 있다. '시호(時乎) 시호 이내 시호 부재래지(不再來之) 시호로다'로 시작하여 '좋을씨고 좋을씨고 이내 신명 좋을씨고'로 끝나는 비교적 짧은 노래다. 검결(劍訣)이라고 부르는 이유이기도 하다. 최복술(崔福戌, 최재우의 아명)은 경주 용담의 불운한 선비 최옥(崔鋈)의 만득자이다. 최옥이 나이가 많아 동생의 아들을 양자로 드렸는데 늦게 과수 한씨를 만나 태어난 사람이 영특한

최복술이었다. 그는 목검(木劍) 등 무예에 뛰어난 양자 삼촌의 영향을 받아 칼춤을 곧 잘 추었다. 전라도 남원의 한 절에 와 있을 때 달 휘영청 밝은 밤에 칼춤을 추며 이 노래를 불렀다는 사실은 널리 알려져 있다. 이 노래의 끝부분에 중점을 두고 '무극대도(無極大道)를 깨닫는 즐거움으로 해석하는 사람들 적지 않지만 사실은 부패한 내우외환의 당대 상황에 대한 단호한 응전의 노래다. 노래의 출발에 그러한 힘이 응축되어 있다. '시운(時運)이 왔다. 시운이 왔다. 바로 지금 시운이 왔다. 앞으로는 오지 않을 그런 시운이 왔다.'라는 선언은 절체절명의 역사적 순간을 각성시켜 부패의 위기를 척결해야 한다는 뜻을 가진다. 1894년 갑오년 우금티의 전쟁에서 삼남에서 몰려온 수많은 농민군이 이 노래를 함께 부르며 전의를 높였다는 사실은 우연이 아니다.

이 시는 수운의 검가를 패러디하고 있다. '용천검 드는 칼을 아니 쓰고 무엇하리'의 패러디를 비롯해 여러 군데 나타난다. 그런데 시적 화자는 끝없는 전의(戰意)를 맘껏 휘두르지 못한다. '~못하고, ~못하고, ~말', '어이하랴'고 자탄한다. 그리하여 싸움의 길에는 이슬 맺히고 '칼을 끌면서 사위는 어둠'을 헤쳐 나갈 수밖에 없다. 끝연 2행은 그런 허무감의 발로다. '꿈꾸는 세상', '하늘' 그러한 세상이 나타나지 않는다.

그러나 시인은 허무 속에 주저앉지 않는다. '꿈꾸는 세상'을 위하여 더욱 외롭고 바른 길을 찾아 농촌으로 들어가고, 아이들을 가르치고, 집안을 가꾼다.

부스스 늦은 잠 깨어
한나절 해를 넘기는
실직의 겨울날 하오
엎드려 등위에 무등을 태운다
이랴낄낄 방에서 마루로 마루에서 방으로
어린 남매 너희는 서부를 달리는 장고가 되어
모래 먼지 부옇게 신나지만
등에는 마른 메주 같은 혹을 달고
나는 뚜벅뚜벅 무릎걸음 기는 낙타
사막을 기는 목마른 낙타
창호에 비치는 겨울날 하오의 햇살
소금밭에 뒹구는 지렁이처럼 따갑구나
이랴 낄낄 신나는 아이들아
아무래도 이 세상에서는
들어갈 구멍마다 눈을 감았다 감았어
천근만근 뚜벅뚜벅 신나는 아이들아

무등을 타거라
너희가 살아가는 無等한 세상

–「무등을 태우며」 전문

시적 화자는 실직자다. 추운 겨울날 오후, 갈데없이 집에 갇혀있다. 가장으로서 밖에 나가 돈벌어 식구들의 먹고 입는 것을 책임져야 하겠지만 찾아야 구직의 구멍은 꽉 막혀있다. 시의 화자는 '등에 마른 메주 같은 혹을 달고' 무릎으로 기는 사막 낙타와 한가지다. 그러나 철모르는 어린 남매는 아버지 속은 모르고 집에 박혀 동무가 되어주니 즐겁다. 그 애들은 신나게 아버지의 등에 올라타 이랴 쩌쩌 소 모는 놀이를 한다. 아버지는 소가 되어 말이 되어 아이를 태워 주면서 이렇게 말한다.

무등을 타거라
너희가 살아가는 無等한 세상

풍장의 춤놀이 같은 데서 나이 어린 무동(舞童)이 어른의 어깨에 올라타거나 올라서서 춤을 추는 것을 우리는 '무등'이라고 부른다. 여러 사람이 흥겨워 놀 때 흥이 최고조에 이르면 여럿이 손을 마주 잡고 그 위에 축복받는 사람을 얹어 높이 던졌다, 받았다 하는 것도 '무등 탄다'라고 한다. 이 시에서도 아버지가 메마른 사막의 낙타가 되어 애들을 등에 태우는, 애들 나름의 신나는 놀이를 가리킨다. 가난한 부모(아버지)를 둔 게 무슨 죄이랴. 그래서 '무등을 타거라'이다. 그러나 그 무등은 그냥 춤인가? 그렇지 않다. 적어도 아빠는 계급사회에서 천민 노릇을 하지만, 앞으로 너희들은 '無等'한 세상에 살아야 한다고 말한다. '無等'은 불교의 경우 석존(釋尊)을 지칭한다. 시방삼세에서 어느 무엇과도 견줄 수 없는, '무비'(無比)의 존재이기 때문이다. 그러나 흔하게 쓰이는 것으로는 '차등이 없는', '등급이 없는' 그런 절대 평등의 뜻이다.

절대 평등은 시인이 이루고자 하는 꿈인 것이다. 그가 가진 천형(天刑)의 고통이 추구하는 도달점이 바로 여기다. 그것은 무량의 화평으로 나타난다. 그의 절창 「강설(降雪)」에 그러한 사정이 투명하게 드러나고 있다.

천상의 백결선생이 현을 울리어
그대들의 잠을 깨우던가요

이승에 두고 간 남루 안쓰러워

돌 갈라지는 엄동의 산야
한숨 삼키며 뒤척이는 잠들

춤추는 노래로 어여삐 오시어
평온하라 평온하라
소리없이 걸어오는 방아타령

―「강설」 전문

엄동의 겨울날, 흐린 하늘에서 눈발이 내린다. 명절이라고 이집 저집에서 떡방아 찧는 소리가 들려온다. 백조각의 헝겊으로 기워 입은 청빈한 선비 백결선생 댁에는 아무 소리가 나지 않는다. 백결선생은 거문고를 앞에 놓고 떡방아의 쿵더쿵 곡조를 울린다. 이 시에서는 그는 이승이 아닌 저승에 있다. 그리하여 더욱 비장하다.

추위가 극심해 돌도 얼어터지는 산골, 가난에 쩌든 식구들은 잠을 못 이루어 뒤척인다. 하늘에서 눈발이 부드럽게 내린다. 방아타령조로 내린다. '평온하라, 평온하라'의 '소리없이 걸어오는 방아타령'으로 세상은 가득 찬다. 달관의 경지다.

그의 모색과 고통이 도달한 세계는 〈깨달음〉의 낙원이다. 하지만 여기서 쉽게 안주할 때 시는 쉽게 시든다는 사실을 꿰뚫어야 하리라.

IV

요즘의 많은 시를 보면 말장난에 머문 경우가 대부분이다. 그것은 동 · 서가 거의 같은 양상을 보여 준다. 아마 글러벌리제이션(globalization)의 자본이 주는 영향일 수 있다. 감동도 없고 고통에서 나오는 지혜도 보이지 않는다. 일찍이 양(梁)나라 유협(劉勰)이 말한 대로 정(情)이 문(文)을 만들지 않고 반대로 문이 정을 만들기 때문이다. 김삿갓 같은 낭인 시객이 있기 어려운 사회구조에도 그 원인이 있겠지만, 시가 너무 기술화하고 전문가를 위한 물품이 되어 있다. 구어(口語)와 그 정신을 깨달아야 하는데 너무 문어(文語)의 현학에 빠져있는 것도 그 한 원인이다.

필자는 요즈음 한동안 의도적으로 등한이 했던 이웃나라 일본의 문학사에 관심을 갖고 몇 권의 책을 주의 깊게 읽은 바 있다. 시가사라든가 와카사 등 가론 등이 흥미를 자아냈다. 그 가운데 〈마코드〉(誠)의 이론이 있었다. 강한 정감의 솔직한 실토, 그것이 잘 용해되어야 최상의 시라는 것이었다. 누구나 할 수 있는 뻔한 말이지만 얕은 재주에 함몰되는 요즈음 우리 시의 관행에서 볼 때 너무 와 닿는 생각이었다. 아마 서구에서 흔히 말하는 포에지(poésie)가 그와 가까운 말로 여겨지지만, 〈마코드〉의 경우, 자기 체험과 관련된 고백적 진지성이 돋보이는 것이다.

이상기 시인이 건네준 80편의 시편들을 한 편 한 편 읽으면서 일관되게 흐르고 있는 정신이 바로 거기에 가까운 것이라는 생각이 들었다. 변화가 없어 지루한 느낌도 없지 않았으나 절실한 삶의 지하수를 뽑아 올리는 진지한 태도가 거기 있었기 때문이다.

오월 초이레 기우는 달
떼로 피어 흔들리는 망초꽃 무더기
장독대 위 정화수 하얀 사발
빌고 비는 우리 엄니 합장
처마 밑 고인 어둠이 가느다랗게 흐르는 밤

-「유년의 밤 · 3」 전문

'처마 밑'에 '고인 어둠'이 고요하게 '흐르는 밤'에 어머님의 비는 모습이 보인다. 거기에는 남편의 무사귀환, 자식들의 건강과 장래 등등 절절한 내용이 담겨 있을 것이다. 여기에는 한 치의 꾸밈도 없고 헛소리도 없다. 일일이 예시를 들 것 없이 그의 시에는 그런 어머님의 정성이 바탕에 깔려 있다. 술(術, ars)에 기반을 가진 서구시 또는 그 아류의 우리 시에는 보이지 않는 세계다.

V

그의 시에 보이는 그가 갖는 내면의 고통은 그의 시의 원동력이다. 가족사에서 오는 것, 현실의 부조리에서 오는 것 등 뜨거운 고통은 뜨거운 시를 낳는 힘이 되고 있다. 필자는 수십년 전 시를 처음 강의할 때 스펜더의 「시 만들기」(Making of Poem)란 글을 소개하고 그 글을 번역, 해설한 적이 있다. 그때 시의 유형을 창작 과정으로 보아 넷으로 나누고 그것의 사조적 기반을 설명했다. 참을 수 없이 용솟음쳐 쓰여지는 시(코울리지, 워즈워드), 머리로 만드는 시(파운드, 엘리엇), 저절로 자기도 모르게 낳는 시(노드롭 프라이), 끝으로 솟는 시상을 머리로 다듬는 시, 이렇게 넷은 낭만, 주지, 신화 등의 시대적 변천과 궤를 함께 하는 것이다. 시작의 이상으로는 네 번째라는 말도 잊지 않았다. 소박, 단순한 개관이지만 지금 와서 보아도 틀린 말은 아니라고 생각된다. 이 시인의 시작품은 첫째 형에 가깝지만 형상화(인카네이션)와 호흡(리듬)을 소홀히 하지 않는다는 점에서 넷째 형에 속한다.

빼먹으면 안 될 말이 하나 있다. 그와 나와의 세속적 인연이 깊다는 사실이다. 흔히 혈연, 지연, 학연의 삼연을 이승을 살아가는 데 중요한 인연이라고 말한다. 그리고 그 인연을 중요시하는 사람을 부정하다고 말하는 경우가 많다. 공과 사를 구분하지 못할 때가 문제이지 삼연처럼 정을 소중하게 여기는 것을 나무랄 수는 없다. 공사의 관계를 떠나서 그 인연은 참으로 인간적인 것이다.

이 시인과 나는 혈연만 빼고 모두 긴밀한 연결망을 가지고 있다. 우선, 지연을 들면 같은 면의 벽촌에서 자랐다는 점이다. 사실 필자는 객지에서 태어났지만 어머니의 고향 마을에서 컸다. 인연이 깊은 것은 학연이다. 초등학교도 같고 중 · 고등도 같다. 특히 고등학교는 서산농림고등학교, 내가 들어갈 때는 댓수가 제법 높았다. 왕복 60리의 통학 그리고 6 · 25, 나의 경우는 '아시아 · 태평양 전쟁'(소위 대동아전쟁), 6 · 25 민족상잔의 전쟁 등 전쟁 속에서 자랐다. 대학도 같은 데 같은 과를 나왔고 문학을 좋아하는 것도 같다. 어려운 가정환경에서 자란 것도 비슷하다. 대학의 경우는 후배이자 제자이기도 하다. 그런 인연인데도 난 한 번도 그를 따뜻하게 대해 준 기억이 없다. 변명은 아니지만 내 천성 때문이지 고의가 아니었음을 말하고 싶다.

그는 이제 농사를 짓는다. 시도 쉬지 않고 꾸준히 쓸 것이다. 그가 가진 깊고 크낙한 고통은 힘이 되어 아름다운 꽃을 피우고 좋은 열매를 맺으리라. 나는 그것을 따뜻한 마음으로 지켜보려 한다.

| 시인의 말 |

세상에 내 놓기가 참으로 멋쩍다.

암울하던 1970년대 초반 대학에 입학하여 문학과 만나 많이도 헤맸다. 동서고금으로.
문학이 위로가 되었는지 시는 기쁨이기도 하고 울분과 슬픔이기도 했다. 술도 또한 그러했다. 대학을 떠나서는 그냥 그렇게 교직의 길을 걸었다. 간혹 문우들의 등단과 시집 발간 소식을 듣고는 경이와 찬탄을 보내면서도 나의 치열하지 못한 삶과 문학에 대해 고이는 자괴감을 어쩔 수 없었다.

현실의 삶이 시가 되어야 한다고 생각했다. 시는 삶의 언어야 하고 시는 삶의 노래야 하고 시는 땅에 뿌리를 박고 곧은 소리로 줄기를 지탱하고 수사와 가락으로 잎새를 흔드는 것이라 여겼다.
시에 대해 깜깜한 나를 시의 길로 소매 당겨 끌어 준 유병환 학

형, 시심(詩心)이 깊지도 못하고 시재(詩才) 또한 변변치 못한 나를 안쓰럽게 지켜보신 은사 조재훈 교수님께 늦게, 늦어도 너무 늦게 내밀어 송구스럽다. 삶이 또한 그러한 것인가, 가르침에 정성을 다하지 못한 나의 교직 생활, 태만과 빈약한 시 정신이 부끄럽다.
젊은 날 진심어린 치기로 드린 언약을 잊은 적이 없었다. 하여 교직을 떠나는 즈음, 다른 이들에게 내보이지도 않고 홀로 삭혀둔 오랜 시작노트를 만지작거리며 주저하는 나를 떠밀어 세상에 이렇게 내밀게 한 아내 임경은에게 고마움을 전한다.
40여 성상의 인연의 끈이 다시 닿아 '율문학' 동인이었던 한국출판마케팅연구소 한기호 소장과 조재도 시인의 도움으로 이 시집이 출간되며 애초에 80편이었던 것을 49편으로 정선하여 '사십편시선'에 맞췄음을 밝힌다.
질곡의 역사가 빚은 간난신고(艱難辛苦)를 운명으로 여기고 신앙으로 이겨낸 나의 어머니와 이 땅의 모든 어머니들, 그리고 땅에 씨를 뿌리는 분들께 드리고 싶은 마음이다.

뿌리와 줄기, 가지와 잎새, 해와 달 바람과 구름 눈비 그리고 대지의 작용으로 꽃이 피고 지고 열매를 맺게 하는 식물성 노동, 그 길에 아득하면, 시여! 나귀처럼 나를 끌고 가시게나.

– 2014년 여름 법화산 자락에서 매계(梅谿)